눈물이 꽃잎입니다

고정선

전남 신안 출생. 1986년 《아동문예》, 1992년 《문예사조》, 1993년 《시세계》, 2017년 《좋은시조》 등단. 시집 『비는 산을 울리고』, 동시집 『먹장구름 심술보』 『풀밭에는 왕따가 없다』 출간. 목포문학상, 전남문학상, 전남시인상, 전남예술인상, 광양예술상, 순리문학상 수상. 한국문인협회 광양지부장 역임, 전남문인협회 감사, 한국시조시인협회 시조대중화위원회 부위원장, 좋은시조작가회 회장. 율격, 별밭, 목포시문학회, 광주전남시조시인협회, 오늘의시조시인회의, 한국동시문학회 회원.

gojeungsun@hanmail.net

눈물이 꽃잎입니다

—

초판 1쇄 2019년 9월 16일
지은이 고정선
펴낸이 김영재
펴낸곳 책만드는집

—

주소 서울 마포구 양화로 3길 99, 4층 (04022)
전화 3142-1585·6
팩스 336-8908
전자우편 chaekjip@naver.com
출판등록 1994년 1월 13일 제10-927호
ⓒ 고정선, 2019

—

* 이 책의 판권은 저작권자와 책만드는집에 있습니다.
　이 책 내용의 전부 또는 일부를 재사용하려면 양측의 동의를 받아야 합니다.

* 후원 : 　문화체육관광부　한국장애인문화예술원
　　　　　　　　　　　　　　Korea Disability Arts & Culture Center

—

ISBN 978-89-7944-700-2 (04810)
ISBN 978-89-7944-354-7 (세트)

책 만 드 는 집　시 인 선 1 3 1

눈물이 꽃잎입니다

고정선 시조집

책만드는집

"내가 참 쉽게 잘 썼다 하면 좋은 시여"
하시던 어머니
하늘로 소풍 가신 지 1년
다 읽으신 후 뭐라 하실지 궁금하다

사는 동안의 눈물이 꽃잎이었기를 바라면서
고마운 이들의 얼굴을 마음에 새긴다

－2019년 여름
광양 운담글방에서
고정선

| 차례 |

2부   차마 놀빛 사원 밤

3부 파도가 대신한 수화

4부 소리 지운 풍경 소리

5부 풋, 터진 웃음 소리

1부

눈물이 꽃잎입니다

나무 서리 樹霜

안개바람 차가운 날
그대를 찾아와

얼은 채 한 몸 되어
긴밤 새우며 피운 꽃

이튿날

돋을볕 한 줌에
눈물이 꽃잎입니다

갯메꽃

모진 정 잘라낸 후 모래펄에 혼자 앉아
푹 삭힌 애간장을 허허바다에 풀어놓고

조석朝夕 간間
피다가
그리고 지다가

사랑이 민낯인 꽃

14

홑동백 이야기

갯바람이 닦은 잎들
초빛이 양록洋綠이다

붉은 홑꽃잎 에워싼 속
싸라기별 총총 떴다

동박새 품었다 보내고
툭, 진다

남긴 말
없었음

꽃샘잎샘

얌전히 가려는데 하는 짓이 눈 거칠어

서대는 봄기운에
소소리바람 퍼붓는 겨울

때 아님
나부대지 마
서슬 푸른 일침이네

다년초 겨울나기

잎 떨구고 줄기 털고
긴 밤을 가둔 겨울

경칩에 기지개 켜려
혼불 밝힌 숨 떨린다

말뚝잠 서너 달 동안
몽유夢遊도 호사라서

늦가을 새벽 풍경

간밤에 내린 비가 헤어질 때 알려줬나
비가 긋자 젖은 잎 몸태질에 눈물까지

실안개 휘감아 두른
낙엽수는 좌선 중

여름 초록 가을 다홍 다 이룬 하늘마음
잎잎마다 추억 사진 압화押花로 남긴 새벽

긴 겨울 기댈 곳 찾는
산새는 동안거 중

밤꽃

갑자기 보고 싶다 그냥 안기고 싶다

입술 처음 나누던 날 감긴 눈 생각하니

온 산에 밤꽃 향기 비릿하다

애먼 생각도 비릿하다

이심전심以心傳心

산은 제 몸을 갈라
물길을 만들고

물은 제 몸을 흘려
갈린 곳을 감싸주고

사람이 가르친 적 없지
이심전심이란 말

애완조 愛玩鳥

사람 곁을 맴도는 새는
새가 아니다

걷는 게 익숙해져 두꺼워진 각질

근육이 풀린 날개는
날개가 아니듯이

주는 먹이 쫓아다니는 새는
새가 아니다

뭉툭해진 부리로 쪼는 것도 어려워

모낭을 떠난 깃털은
깃털이 아니듯이

산색이 예쁜 건

5월,
산이 만드는 초록 계열 색상환色相環

아리아를 들을 때처럼
눈 감고 느끼려니

바람의 지청구가 크다
"눈 뜨고 제대로 봐!"

산색이 예쁜 건
마음 쓰기 나름이지

첫사랑 눈에 넣듯
손끝마다 지극정성

세상사 그 작은 이치
"꼭 집어줘야 아니"

우수雨水 길목에서

우수 길목에서 본
회색빛 하늘은

더블베이스의 저음처럼
낮고 깊게 울었다

구름은 물크러진 채
빗줄기에 풀어지고

얼음장 사이 돌며
북새질하던 살바람이

선소리 내지르며
온 산을 깨운다

겨울눈冬芽 조바심 앞서
제 몸에 실금 긋고

은행나무 가로수

암수가 금실 좋아
열매도 실했는데

냄새난다 지저분하다
베어버린 암나무

긴긴밤
홀아비 된 수나무
이별가 완창 중

찔레꽃

사내가 처음 맡은
지분脂粉의 유혹이다

귓불의 솜털을
간지럽히는 숨결이다

제 몸을 가시로 찔러
몽환夢幻에 취한 찔레꽃은

말벌 여행

나뭇진樹脂 물어다가
층층 지은 노봉방露蜂房

미련 없이 비워주고
바람에 염殮을 맡기네

남겨진 애벌레에게
이별이야 말 못 하고

나래짓 꿈꾸다
깨어나면 기억해줘

목숨과 바꿔버린
단 한 번 사랑 놀음을

인연 줄 끊고 가는 길
삭정이 툭 부러진다

강아지풀

철없을 때
오빠야 부르며 종종대던 누이

눈치코치 없다고
타박만 줬는데

못 오니
더 보고 싶어
오요요 강아지풀 흔들어봅니다

봄 탓

틈만 나면 정분情分 내고
오수午睡에 취해 있다

야단쳐 될 일 아니니
보는 눈이 부끄럽다

해마다 도지는 저 병
진종일 자몽自懜하다

다시 제라늄꽃

10여 년간 제라늄을 말동무하신 엄니
궂긴 소식 좋은 소식 다 들어준다고
색색의 꽃 닮아가며
얼굴색이 예뻤다

"자꾸만 꽃도 죽고 키우기도 귀찮다야"
들을 땐 몰랐다 인연 끊는 연습인 걸
버려라, 잠긴 목소리
못 들은 척할 것을

한편에 둔 제라늄을 손질해 다시 심고
엄니 보듯 키우니 꽃대마다 핀 꽃들
나한테 전해준단다
자랑 많이 하셨다고

2부

차마 놀빛 사원 밤

이별 노래

가다
주저앉고
가려다 돌아보고

혀끝에서
놓치시네
아른거리는 이름을

두 번은
보내지 못하리라
차마 놀빛 사윈 밤

용접鎔接

우린 녹아서 하나 되어 단단해지고

그렇게 이어지니 피돌기도 힘차고

둘이서 하나 되는 것

뜨겁지 않음 못 할 일

심야

아직도 그리고 싶은 사람 있는 걸까

눈설레
어둠을 치고

상현上弦은
기우는데

희부연 차창 유리에
절로 그려진 얼굴

지운다

그날

어머니가 두 손을
단전에 모으시더니

배꼽 열고 봤던 세상
이제 그만 닫으신다

감아도 다 보인다고
이승 탯줄도 자르신다

하늘 신행新行길

영하의 안치소에서
기억을 얼린 후

고열의 화로에서
졸수卒壽의 업 다 태우고

예단禮緞은 흙이불 한 채
이고 가는 울 엄니

정 때문에

한 평짜리 홑집에 관리번호 문패 삼아
추모공원 모롱이에 소나무가 되신 엄니

간만에 우스갯소리로
안부를 여쭸다

먼저 가신 친정 식구에 경로당 친구까지
다들 만나 지내니 겁나 좋소 물었더니

"아 그걸 말이라 하냐
날마다 봄이다"

아버지 만나서 미운 정은 푸셨소
묻자마자 가슴 치며 마른침 삼키시더니

"원수여, 그놈의 정 때문에
또 못 죽어 보고 산다"

끝애 이모

이건 아니야, 발버둥에 바람 더 흔들린 날
칠십도 못 산 세월이 혼잣말 흘렸다

끝애란 아명兒名이 좋아 맨 끝에 갈 줄 알았지

단 한 번 사랑굿에 방점처럼 남긴 딸년
눈치로 함께한 세월 간을 보니 짭짤하다

떼는 정 서릿발인데 눈물은 뜨겁고

그새를 못 참고 이 먼 길을 왔냐고
가자마자 큰언니한테 바가지로 욕 듣겠다

입관실 마침기도 중 기척 없이 난
빈
자
리

저승꽃

살다 보니 이런 날도 볼 때가 있네요
곰팡내 나는 몸이 꽃씨를 품었다니
그동안 마구 부린 게 미안할 뿐입니다

하나 둘씩 피던 꽃이 지지도 않습니다
켜켜이 삭힌 세월 거름기가 많아설까
향기는 나잇값 한 만큼만 날 거라고 합니다

저승길도 편히는 못 갈 것 같네요
이승에 남긴 업 꼭 그만큼 피었으니
바람살 차가운 날에
상여꽃 삼아 가야죠

혼수 婚需

외할머니 시집올 때 혼수 1번 싱거미싱

시집살이 독하면 노루발로 꽉 누르고

바늘땀 눈물로 메워 손바퀴를 돌렸대요

아흔 살 울 엄니는 싱거미싱 옆에 두고

친정 엄니 생각난다 돌돌 돌리고 북실 감고

일삼아 수의를 지으시네 하늘 갈 때 혼수라네

궂긴 소식

아침 신문 보다가 눈길 잠깐 머물며
미로 속 기억 찾아 맞춰본 이름 퍼즐
생가슴 태울 일 없자 마음자리 평온이다

오는 길 다르듯 가는 길도 달라서
그냥 간 인연도 수없이 많을 텐데
한동안 가슴 아린 건 못 살핀 내 죄다

먼 훗날 하늘 갈 때 알릴 일 걱정 없다
학생부군學生府君 외에는 내세울 게 없으니
놔두자 숨 쉬기도 바쁜데 바람 편에 들으라고

퇴직 단상

습관처럼 집을 나서다 늘임새로 나오던 말

내가 벌써?

그 맘 접으니
남은 길이 보인다

끝인 듯 끝이 아닌 거기까지
가야 한다
그도 일이다

소라 껍질 내 귀

60여 년 공생하던 진주종眞珠腫을 걷어낸 후
고막 대신 이식된 청각장애 5급 증證

젊은 날 첫 연서戀書처럼
설레며 받았다

세상의 소리들을 보청기로 듣다 보니
안 듣느니만 못한 소리 많다는 걸 알고 나서

그립다,
가는귀먹은 시절
마음으로 듣던 소리

월영 月影

기억을 헤집으며 떠올린 얼굴 하나
애증의 자국들 이제는 지워질까
못 한 말 풍등風燈에 적어
번지 없이 보내본다

눈물로 삭힌 세월 눈썹 끝에 달고 살며
바람 손에 쥐어 보낸 허허로운 겉웃음
어디쯤 가다 멈췄나
달그리메 이우는데

고희古稀

길동무 하나 없이 혼자 잘나 산 세월
주름살 하나 둘 접다 보니 고희다

남은 건
사진 같은 기억

갈 길은
이류무移流霧 자욱한 길

농주農酒 타령

그대의 입술에 걸쭉하게 붙는 건
묵정밭 갈이질에 베수건 질끈 묶던
무뎌진 호미자락 같은
엄니 손이 생각나서야

그대의 가슴을 알싸하게 만드는 건
일바지 추켜가며 타작 뒤 이삭 줍던
바람살 온몸에 감고 산
엄니 얼굴 보고 싶어서야

그대의 심장에 불같은 힘 주는 건
보리누룩 걸러주며 "이놈 묵고 힘내라 잉"
빛 좋은 사금파리 같던
엄니 눈빛 닮고 싶어서야

경로석 앞에 서서

앉아도 될 나인데 끝까지 서서 간다

면치레도 아니고 다릿심 자랑 더 아니다

앉으면 못 일어날까 봐

괜한 걱정 중증이다

젓대 소리

쌍골죽 댓잎 뽑아 가슴에 새긴 가락

천지의 한恨 다루치는
입바람이 분주하다

정간보井間譜 벗어난 소릿결
유성우流星雨로 내리는 밤

아직은 살 만해

보내고 알았다 비상금 턴 걸
자존심 한 자락 거기에 얹은 것도

며칠째 찬 바람 드는
생가슴 속
미운증

쓴웃음 풀어내며 일떨어졌다 하면 될 걸
면치레 능청에다 엉너리도 넌덕스레

아직은 살 만하다던
산소리 참
모질다

3부

파도가 대신한 수화

에밀레

애월읍 신엄리 갯바위엔 세 살 딸
제주항 7부두 테트라포드엔 30대 엄마
바다가 막아선 길을
몸을 던져 열었다

외줄 타던 마음자리 잡아볼까 왔다가
이 악물고 끊어낸 피붙이란 질긴 끈
파도가 대신한 수화
내 탓이다 아가야

벗어놓은 신발 속 회오리치던 바람이
왜 그랬니 물어도 대답할 수 없겠지
에밀레, 부르는 소리
바다는 숨이 찬다

못질

썩은 판자 빼내고
새것 끼워 맞춘 후

알맞은 쇠못을 고르다 하는 생각

살면서
말로 한 못질
치수 잰 적 없었지

가슴에 박힌 못은
길든 짧든 한恨인데

뱉어버린 말 허물 녹슨 지 여러 해라

빼려면 더 아프겠지
그냥 가자
미안해

너는 내 운명

지진에 무너진
건물 아래 고고성呱呱聲

버거웠을 무게를
저승까지 업은 어미

짓눌린 등에 남긴 갑골문
아가, 사랑했다

어떤 삭발식

장애와 비장애의
교집합을 만들자고

삼단 같은 머리칼을
상수常數로 내준 어미

편견의 골짜기 건너갈
출렁다리 만들고 있다

향수 鄕愁

열여섯 봄나들이
끌려갈 때 그 얼굴

단발에 뜯긴 머리
꽁지발로 양말 벗고

이국땅 별 바라기로
가둬뒀던 고향,
에돌다

봄만 되면 살을 찢던
향수라는 새순들

모질게 잘라내며
이어왔던 목숨 줄

미움도 꿈이었던가
어깨 위에 새,
날다

카톡 방에서

부고訃告를 받은 날 망자亡者 이름 지우니

"차단 여부는 상대방이 알 수 없습니다"

독하네, 사람보다 더

모르는 게 약이래

태아령胎兒靈을 아시나요

대원사 극락전 옆 108개 아기동자상
빨간 모자 눌러쓰고 살붙이 찾고 있다

한 번도 불러본 적 없는
무명씨 어버이를

인연을 맺자마자 어둠으로 간 여행
이제는 원망보다 안아주고 싶어서

꿈속에 보이던 얼굴
잊을 만도 하건만

왜?

연기면 산울리 보도연맹사건 유해 매장지
그날을 기억하는 정강이뼈 일어섰다

부르다 삼킨 이름들
차라리 환청이면

주머니칼 날 세워 고무신에 새긴 '송'
짐작하고 남겼을까 누군지나 알라고

한 맺혀 못 간 저승길
이제 가긴 간다만

왜?

숫돌의 업業

닳아서 오목한 만큼
벼려지는 푸른 서슬

어떻게 쓸 것인가 선택은 너의 몫

갈아준 그때마다 난
양인살羊刃殺 한 겹 벗고

순리라는 것

물길 놓치고 퍼진 강
누가 찾아오니汚泥?

비바람 햇빛 엉킨 강
손발을 안 저니底泥?

놔두면 알아서 갈 길
강도 안다 순리를

씻김 - 세월호

꽃씨가 익으면 후우 날려 보내는
풍매화風媒花 이별법을 따랐어야 했는데
배 아파 낳은 자식이라 못 놓고 산 세월

바다가 빠져나간 몸 승화되어 고운 날
폭 삭은 허리 세워 잘 가라 손짓할 때

고 풀린 무명필 위에
바람이 쓴다
안녕

셀카 뽀샵

제 얼굴 보고 있기에 생긴 대로 보나 했네
이리저리 각 잡다가 이것이다 싶었을까

뽀샵 후 제 얼굴이란다
사기도 분수가 있지

당달봉사 靑盲과니

초파일날 가람에서 산부처를 찾다가
수많은 연등에 치여 못 찾고 나오는데

법요식
졸고 있는 동자승

아, 눈 뜨고도 못 봤다

삼포세대三抛世代 우울증

남의 식구 놉 주느니 네가 좀 해봐라
각다분한 일도 해봐야 세상사 이겨내지
예전의 아버지 말씀 아직도 생생한데

자식 농사 손 놓을 나이에 웬 걱정 이리 많아
가방끈만 신경 쓰다 밑간을 덜 했구나

이제는 비비라고 내줄 언덕
추간판 빠진 내 허리뿐

간판의 마법

가게마다 원조 집 방송 안 탄 곳 없고
갔다가 헛물켰단 소문도 무성해

화려한 간판의 마법
알면서도 속았어요

간판이 필요한 곳 저곳만이 아니지
취직과 결혼도 간판 보고 한다잖아

빛 좋은 금수저보다
자연산 흙수저
어때요?

아, 그랬구나

섬 학교 교문 앞에
아침마다 찾아와

엎드리고 뒤집고
꼬리를 흔드는 건

몸에 배 저절로 나온
습관인 줄 알았다

낯선 곳에 버려진 후
먹고살기 힘들었겠지

겁 없이 내민 배를
만져주다 놀랐다

부풀은 젖꼭지마다
유즙乳汁이 가득

아, 그랬구나

함께 가는 법

어슴새벽 늘솔길을 두 마음이 걷습니다
지적장애 아들과 내 탓이란 엄마가
남 보기 부끄럽다고
돈을볕도 피해가며

새장을 빠져나와 하늘 나는 새처럼
땀나고 숨차지만 좌우 보기도 바쁜 시간
둘이만 아는 몸짓 말
힘들지?
괜찮아, 엄마는?

사막 길 나란히 가는 낙타와 여행자처럼
힘들면 쉬며 웃으며 목도 축여가면서
잘 배운 함께 가는 법
미세먼지 좋은 날

4부

소리 지운 풍경 소리

절집에 눈 온 날

일주문 들어서니
숫눈 가득 환하다
설렌 마음 다독여
발길 두기 망설일 때
스님은 대빗자루 쓱쓱
걸을 만큼 길 내신다

"가진 게 없으니 가벼이 오지 않나
이고 지고 힘들면 임자도 한번 비워보소"

대웅전 문고리 잡자
소리 지운 풍경 소리

포앵제로Point Zero에 올라서서

노트르담 성당 광장 포앵제로에 올라서니
뜬금없이 재보고 싶은 지인들과의 마음 거리

속어림 더덜이 해보니
생각보다 멀었다

카지모도의 종소리가 묵은 시간을 넘어와
마음결 안 주고 산 내 탓이라 나무랄 때

인증 샷 남긴 곳의 고해告解
바람은 난청이다

노트르담 대성당 장미창

색유리 속 햇살에
못 박힌 채 핀 장미

원죄를 찾아 떠나는
말씀의 순렛길

어둠이 하는 고해성사
풀어주는 빛의 향기여

애월涯月 그 슬픈 이름

파도가 내림굿으로 신병神病을 쫓는 밤
바람이 애월을 파자破字로 풀고 있다

바다가 초승달 손을 잡고
애월哀月
애월哀月

떼창이다

진상역

드문드문 그래도 가야 할 곳 있으니

역장도 역무원도 매표소도 없는 간이역

무끈한 짐을 들고 간 이

앉은 데가 따습다

서운암 약된장

뒤란 토담 사립짝 열고
겨울비 오던 날

장맛은 손맛이라 치대는 빗줄기 따라

공양주
바빠진 걸음
술렁이는 옹기들

묵힐수록 좋단 말에
소래기 뚜껑 금줄 치면

약된장 숙성 소리 공양게송이 따로 없고

담장 밖
고매古梅 두 그루
때 이른 꽃 향 진하다

손님 대접

루브르 박물관에서
나 모르게 가방을 열어보고

가져갈 게 없어서
빈손으로 가신 손님

대접이 시원찮아서
내가 더 미안했다

살면서 스쳐 간 사람들
내 맘 열어봤을 텐데

빈 곳간 찬 바람에
맘 상하진 않았을까

모른 척 남겨놓을 일이다
대접할 거 조금은

목포 어디쯤 아직도

초성焦星 - 김우진
부러울 것 없던 삶은 우수憂愁로 간직하고
관습의 허물을 벗는 희곡 속 주연으로
현해탄 사련邪戀의 불꽃 지금도 타고 있네

소영素影 - 박화성
옷고름 속 여며둔 젖 내음 찾아가듯
아픈 자의 쉼터를 소설 속에 마련한 생
원고지 칸칸에 담은 정 비울 일 없을 듯

남농南農 - 허건
타고난 재능이 화선지를 갖고 놀아
송연묵松煙墨 추는 춤에 담채淡彩 농채濃彩 풀리고
푸르러 솔향기 진한 땅 청호青湖를 부른다

수화樹話 - 김환기

갯바람에 적신 꿈 화폭에 살린 고향
달이며 항아리며 산자락 사슴들과
우주 속 은하를 떠돌다 다시 만나자 점이 되어

난영蘭影 - 이옥례

소리 내 못 울어 가슴애피 독한 세월
목메게 부른 노래 파도는 알아줄까
삼학도 유달산 업고 임 자취 찾던 날을

산부처生佛 옥단이

목포 가시나 옥단이는 논다니가 아니여
유달산 신령님이 보내준 업둥이제

평생 질 물어미 업業을
흥으로 풀라고

목포 가믄 어디서나 "옥단어" 하고 불러봐
자다가도 뛰어나와 안면顏面 접고 말할걸

으짜까, 그새 보고 잡소
내가 그라고 이뻐요?

땅끝 편지

앞을 보면 끝인데 돌아서니 시작이네

회한悔恨의 소용돌이
눌러앉힌 곳에서

쌓인 건
받을 이 없는 그리움
잊을 만하면 꾸는 꿈

바람과 풍경風磬

말씀 한 줄 달라 하니
인연 있나 물었고

수인手印 한번 보자 하니
불이不二를 되묻는

주장자柱杖子 천둥 같은 할喝
바람판이 눈을 떴다

마음 자락 펼치라 하니
자비심 있나 물었고

눈짓 한번 주라 하니
성불하라 돌아서며

천지에 흘린 소리 물결
바람과 눈 맞췄다

시인의 빈집

청도에서 찾아간 오누이 시인 생가

대문만 열린 채로
바람살이 거셌다

널마루 닦인 지 오래라
앉으란 말도 없고

떨어져 깨진 반시 문뱃내 진한 집

살구꽃 진 가지들만
손님맞이 바빴다

잘 가게 등 미는 소리
햇살인 듯 따스한 날

석고 캐스트cast

베수비오 화산재 속

눈 뜬 채로 굳은 이들

천 년의 침묵이 준

묵시록을 안 읽은 죄

찰나에 불렀던 이름

화산석의 환청이다

갓바위 선정禪定에 들다

연緣을 좇던 운수승 선 채로 든 입정삼매入定三昧
못 떼낸 착심着心을 초립으로 가리고
입암산 넘는 저녁놀에 화두 하나 얹는다

산과 바다며 하늘과 초목이 새로워라
바람과 파도가 달라는 대로 떼어준 몸
풍장風葬도 호사만 같아 걸친 옷도 부담이다

가진 것 다 주니 절로 눈떠 출정삼매出定三昧
구름밭에 머문 마음 여기가 고향이니
사리舍利로 남긴 윤회의 꿈 풍화혈風化穴 속에 눕힌다

동해 크로키

파도가 군청색으로 덧칠해놓은 바다
밑 색을 찾으려 하면 또 칠하고 사라진다
바다의 액션페인팅?
어쩌나, 관람자는 부분색맹

포말이 백사장에 그림 퍼즐 펼쳐놨다
조각을 맞추려 하면 눈 깜짝 새 사라진다
바다가 보내는 신호?
아쉽다, 수신인은 난독증

삼랑진역을 지나며

낙동강 둔치,
갈대들이 솟대 되어 서 있고

반갑다는 인사말을
초서草書로 써준 물오리 떼

법첩法帖에 없는 글씨라
긴가민가하며 기차가 선다

뒷기미 나루터,
추억은 소설 속에 놔두고

역 앞 국밥 안주에
소주 한 잔이 급할 때

만어사 미륵의 죽비 소리
기적도 없이 기차는 간다

용대리 황태 날다

고추바람 강추위에
몸을 터는 용대리
어슴새벽 지나니
해도 좋고 바람도 좋아

덕장에 황태 꼿꼿하다
서리꽃 입에 물고

함께 잡힌 바다도
자다 깨다 반복해
얼부풀며 익힌 속살
모싯빛으로 채울 때

쓰다 만 항해일지 펴고
시르죽던 황태 날다

5부

풋, 터진 웃음 소리

깃털 여행

꽃대마다 금빛 해님이
간지럼을 태우나 봐

안달 난 봄바람이
산에 들에 귀띔할 때

못 참아
풋, 터진 웃음소리
바람개비 돌며 가네

그 맘 알 것 같아

울퉁불퉁 둑길에
경운기가 탈탈대도

아기 오리 뒤에 세운
엄마 오린 모른 척

그래도 그 맘 알 것 같아
심장이 콩알만 했을걸

저만치 물웅덩이
갈 길이 급할 텐데

아기 오리 발 맞추는
엄마 오린 느긋해

그래도 그 맘 알 것 같아
발바닥에 진땀이 뱄을걸

겨울 하늘에

눈으로 꽉 찬 구름
떠 있으면 좋겠다

바람이 후욱 불어
부풀리면 좋겠다

툭 터져 내게 내려와
눈꽃 피우면 더 좋겠다

요술처럼

해님 만나 보송해진
이불을 덮고 자면

요술처럼
햇살이 내 몸으로 들어와

해 닮은 해바라기꽃
벙긋벙긋 피워줄 것 같아

약점 잡혔네

영희한테 한 낙서
누가 볼까 지운 후

모른 척 딴짓하며
시침 뚝 버티는 너

그래도 지우개는 알지
무어라고 썼는지

사이좋게 지낼 땐
너 좋아 그래놓고

말다툼 좀 했다고
너 미워 그랬잖아

맘하고 따로 논 글씨
어때, 비밀 지켜줄까?

여우눈

햇살이 부서져 날리는 줄 알았죠
손바닥에 내려와 하얗게 웃길래

반갑다 말 건네려는데
눈물만 주르르 남기고 갑니다

등꽃 피는 날

연보라색 한지로
꽃등을 만들어

시렁마다 줄줄이
걸어두고 기다리면

꽃타래 흔들어대며
불 밝히는 5월 바람

클로버밭에서는

클로버밭에서는
네 손 내 손 마주 잡자
클로버잎이 넉 장이면
행운이 찾아오듯
너와 나 두 손 모으면
사랑이 오겠지

클로버밭에서는
네 맘 내 맘 하나가 되자
클로버꽃 두 개 모아
풀꽃 반지 만들듯
너와 나 두 맘 모으면
행복이 오겠지

다 지워줄게

친구가 내 맘에다

미운 말로 도배한 날

나도 질세라

똑같이 해줬다

며칠 후,

지우기가 어려워

'미안해'란

지우개를 주었다

풀

잡초라고 부르며
깔보지 말아요

나도 귀한 자식
내 이름을 불러줘요

밟히고 뽑힌다 해도
어울려 살고 싶어

고갯길 넘는 법

고갯길 앞에 두고
주저주저했는데

깔깔대며 얘기하다
잡아주고 밀어주고

어느새 넘어버렸네
함께하니 쉬운걸

별 이야기 듣는 밤

바닷가에서
별을 볼 수 있는 밤이면

사방에서 반짝반짝
여기저기 귀 쫑긋

갯것들 함께 들어요
별들의 이야기를

겨울 배추

해풍 맞고
눈 맞고
겉잎이 누더기예요

죽었다고 뽑으려니
겉만 보지 말고
속도 보래요

몰랐죠,
배추가 제 속에
단맛 가득 채운 줄은

건들장마

여름 동안 비 가지고
장난치던 먹구름

강더위에 고생 많았지
생각한 척 작달비 찔끔

지구가 한 소리 하네요

병 주고
약 주나

모형 비행기를 날려요

고무줄 친친 감아 프로펠러 돌려주면
내가 만든 비행기 바람 타고 올라요

하늘 끝 가고픈 마음
하나 가득 태우고

저 넓은 하늘마당 꿈으로 채우고
구름집에 들러서 이야기도 나눠요

햇살은 날개를 타고
롤러코스터 신났어요

눈 오는 숲 속 아침

엄마 손 같은 눈
새벽부터 내려와

다복솔 오솔길
너럭바위 옹달샘

눈이불 두툼히 덮어주었죠
꿀맛 같은 늦잠 더 자라고

오해

길바닥에 죽어 있는
잠자리 한 마리

수십 마리 개미들이
밀고
당기고

힘들지 좀 도와줄게
내민 손

따끔,
문다

동양 정통 사상과 시학에 기초한
올곧고 지극한 서정

이경철 문학평론가

"앞을 보면 끝인데 돌아서니 시작이네// 회한悔恨의 소
용돌이/ 눌러앉힌 곳에서// 쌓인 건/ 받을 이 없는 그리
움/ 잊을 만하면 꾸는 꿈"(「땅끝 편지」 전문)

순리에 따른 삶에서 우러난 실감의 서정

고정선 시인의 이번 시조집 『눈물이 꽃잎입니다』는 서
정이 지극하다. 시인과 대상이 한 몸이 돼 세상사 모든 일
과 마음을 순리대로 풀어간다. 공자가 『대학大學』에서 배

움과 행함의 요체를 여덟 가지로 말한 '격물 치지 성의 정심 수신 제가 치국 평천하格物 致知 誠意 正心 修身 齊家 治國 平天下'를 서정으로 성심껏 드러내고 있다.

그리움을 가없이 펴고 있는 서정인데도 순리에 따르기에 어긋나지 않는다. 자연을 바라보고 묘사함에도 대상의 본성을 그대로 내보인다. 어울려 사는 사람살이도 그런 자연의 순리에 따라 바르게 펴려 한다. 그런 순리, 맑은 본성으로 돌아가 동심의 세계도 읊는다. 시조의 정형에 따라 정련, 압축된 서정이어서 그 울림 또한 크고 지극한 시조집이 『눈물이 꽃잎입니다』이다.

1986년 등단한 고정선 시인은 시집 『비는 산을 울리고』, 동시집 『먹장구름 심술보』 『풀밭에는 왕따가 없다』 등을 펴냈다. 오랫동안 초등학교 교단을 지키다 퇴직한 고정선 시인은 "점차 맑고 투명하게 가다듬어져 가는 자신의 영혼을 들여다보는 일의 기꺼움"으로 시를 쓰고 있다고 밝힌 바 있다. "부박한 세월의 흐름 속에 부대끼면서도 애초의 자세를 흐트러뜨리지 않으려는 꿋꿋함, 훼손된 삶의 틈새에서 빛나는 아름다움을 찾는 성실함, 작고 보잘것없는 것조차 무심하게 지나치지 않고 소중히 보듬어 안으려는 섬세함, 그리고 그렇게 살아가는 삶에 대한 애착과 자긍심"이 시를 쓰는 원동력이라는 것이다. 이번 시조집에는 그런 시인의 꿋꿋함, 성실함, 섬세함, 자긍심

등이 짧고 명료한 서정으로 반짝이고 있다.

모든 것을 서정적으로 포괄해내는 이번 시조집의 특장이 잘 드러난 위 시 「땅끝 편지」를 보시라. 해남에 가면 땅길이 끝나고 바다가 훤히 펼쳐지는 땅끝 마을이 있다. 바닷길 걸을 수 없어 더 나아갈 수 없고 그렇다고 돌아갈 수도 없는 그 막다른 지점에서 불러보는 그리움의 노래다.

'그리움'이야말로 시와 서정의 핵이요, 모든 예술과 우리네 삶의 고갱이 아닐 것인가. 가 닿으려 해도 닿을 수 없는 그리움, 너와 나의 그 틈새에서 회한도 우러나고 그런 만큼 아리디아린 삶과 서정의 순도도 우러나는 것 아니겠는가. 그런 그리움을 시조 3장 6구 정형에 고스란히 담아낸 시가 「땅끝 편지」다.

그리움 쌓인 애잔함을 한없이 펼쳐지게 하면서도 그런 그리움을 한낱 헛것으로 흘리지 않는다. "앞을 보면 끝인데 돌아서니 시작이네"라며 초장부터 헛것이나 망상, 절망으로 흘리지 않는 꿋꿋한 자세를 취한다. 길이 끝나는 곳에서 다시 길은 시작된다는 순리에 따르는 것이다. 이런 순리에의 순응이 그리움을 더 끝 간 데 없이 확산시키며 그리움, 이상을 향한 순정을 끝끝내 지켜내게 하는 원동력이 되고 있다.

　　습관처럼 집을 나서다 늘임새로 나오던 말

내가 벌써?

그 맘 접으니
남은 길이 보인다

끝인 듯 끝이 아닌 거기까지
가야 한다
그도 일이다
　　　　　－「퇴직 단상」전문

　항상 첫 마음으로 시작하는 건 오도 가도 할 수 없게 하
는 그리움만이 아니다. 매사가 다 그렇다. 퇴직인데도 "끝
인 듯 끝이 아"니라 한다. 아직 남은 길 가야 하는 것도 일
이다. 남은 길 너머, 끝 너머 도달해야 할 거기까지 매양
새롭게 가겠다는 올곧은 각오로 시를 쓰고 있다.

　살다 보니 이런 날도 볼 때가 있네요
　곰팡내 나는 몸이 꽃씨를 품었다니
　그동안 마구 부린 게 미안할 뿐입니다

　하나 둘씩 피던 꽃이 지지도 않습니다

커켜이 삭힌 세월 거름기가 많아설까

향기는 나잇값 한 만큼만 날 거라고 합니다

　세 수로 된 연시조「저승꽃」중 앞 두 수다. 피부 질환의 일환인 검버섯은 주로 노년층 얼굴에 피어나 저승 갈 길 얼마 남지 않았다는 통념에서 흔히 '저승꽃'으로 불린다. 그런 저승꽃인데도 시인은 향기로운 꽃을 피울 꽃씨로 여기고 있다. 그리움에 이르지 못한 회한을 켜켜이 삭힌 세월이 거름이 돼 피우는 꽃, 그래 그런 알찬 나잇값이 피우는 향기로운 꽃으로 저승꽃을 본 시다.

　근래 들어 각자의 분야에서 한세상 잘 살아내고 문학으로 들어오는 시인들이 많다. 사춘기 적 품었던 문학 소년 소녀의 초심, 그리움으로 다시 돌아와 신춘문예나 신인상 등에 당당히 당선되거나 출중한 시집을 펴내는 시인들이 날로 늘어나고 있다. 이렇게 작금의 시단은 젊어 시단에 나온 시인들에 비해 나중에 나온 이른바 '후後시인'들이 전성기를 맞고 있다. 이러한 때 초심을 꿋꿋이 지키며 세상을 보듬는 서정을 날로 지극히 펴고 있는 고정선 시인의 이번 시조집『눈물이 꽃잎입니다』는 좋은 귀감이 될 것이다.

민족 전통 정한과 신명을 잇는 압축, 정련된 순수 서정

가다
주저앉고
가려다 돌아보고

혀끝에서
놓치시네
아른거리는 이름을

두 번은
보내지 못하리라
차마 놀빛 사윈 밤
－「이별 노래」 전문

　해는 저물고 새들도 제 둥지들을 찾아 나는 어스름 무렵이면 밀려드는 원초적 그리움. 놀빛처럼 붉게 타오르며 끝 간 데 없이 번져가는 그리움이 밤까지도 사위지 않고 있는 시다.
　"그립다/ 말을 할까/ 하니 그리워// 그냥 갈까/ 그래도/ 다시 더 한번……// 저 산에도 까마귀, 들에 까마귀/ 서산에는 해 진다고/ 지저귑니다.// 앞 강물 뒷 강물/ 흐

르는 물은/ 어서 따라오라고 따라가자고/ 흘러도 연달아 흐릅디다려."

문학 소년 소녀 시절 한 번쯤은 읊조리고 한 자 한 자 정성스레 옮겨 쓰기도 해봤을 김소월의 시 「가는 길」 전문이다. 돌아보고 또 뒤돌아보며 갔을 누군가의 눈물이 강물처럼 흐른다. "가도 아주 가지는 않노라시던"이라 읊조렸던 소월 특유의 그리움의 서정이 오롯이 흘러들고 있는 시가 「이별 노래」다.

기억을 헤집으며 떠올린 얼굴 하나
애증의 자국들 이제는 지워질까
못 한 말 풍등風燈에 적어
번지 없이 보내본다

눈물로 삭힌 세월 눈썹 끝에 달고 살며
바람 손에 쥐여 보낸 허허로운 겉웃음
어디쯤 가다 멈췄나
달그리메 이우는데

두 수로 된 연시조 「월영月影」 전문이다. 바람에 풍등을 띄워 보내며 사무친 그리움을 읊은 이 시 역시 소월풍이다. 이처럼 이번 시조집 시 편편에는 우리 민족의 정한情

恨을 곱게 곱게 삭히고 새기는 서정이 바탕이 돼 있다.

모진 정 잘라낸 후 모래펄에 혼자 앉아
푹 삭힌 애간장을 허허바다에 풀어놓고

조석朝夕 간間
피다가
그리고 지다가

사랑이 민낯인 꽃
－「갯메꽃」 전문

초록 육지가 끝나는 바닷가 모래펄에서 피는 나팔꽃같
이 생긴 갯메꽃을 소재로 한 시다. 어디에다 하소연할 수
없는 애간장 다 녹이는 사랑, 바다에다나 풀어놓는 심사
를 갯메꽃을 빌려 드러내고 있다. 이게 우리 민족의 핏줄
을 흘러내리고 있는 정한 아니겠는가. 애간장 다 녹이고
삭히면서도 또다시 사랑과 그리움에 빠져드는 정과 한.
변함없는 그리움의 정한의 영속성을 위해 군이 "조석 간/
피다가/ 그리고 지다가"로 나가며 엄중하게 붙박인 시조
종장 전반구 정형마저 위태롭게 하고 있지 않은가.

갑자기 보고 싶다 그냥 안기고 싶다

입술 처음 나누던 날 감긴 눈 생각하니

온 산에 밤꽃 향기 비릿하다

애먼 생각도 비릿하다
－「밤꽃」전문

밤꽃 향기에 취해서인가. 직설적으로, 속도감 있게 터져 나오고 있는 시다. 밤꽃 피면 그 비릿한 향기에 온 동네 남녀들 바람난다는 속설을 신명 나게 떠오르게 한다. 특히 종장 후반부 "애먼 생각도 비릿하다"에서는 그리움이라는 고단위 관념마저 비릿한 향기로 감각화한 신명이 돋보인다. 이처럼 이번 시집에 실린 시편들은 우리 민족 전통의 정한과 신명을 펴는 서정에 튼실하게 뿌리내리고 있다.

안개바람 차가운 날
그대를 찾아와

얼은 채 한 몸 되어

건밤 새우며 피운 꽃

이듬날

돋을볕 한 줌에
눈물이 꽃잎입니다
 ―「나무 서리樹霜」 전문

　이번 시조집의 표제 "눈물이 꽃잎입니다"가 나온 시다.
겨울로 접어드는 늦가을 기온이 뚝 떨어진 밤중에 안개
물기가 나뭇가지나 잎에 얼어붙어 하얀 꽃같이 피어나는
게 나무 서리다. 해 뜨면 이내 녹아내릴 상고대 같은 나무
서리를 소재로 그리움을 노래한 단수 절창이다.
　"얼음 위에 댓잎자리 보아/ 님과 나와 얼어 죽을망정/
얼음 위에 댓잎자리 보아/ 님과 나와 얼어 죽을망정/ 정
준 오늘 밤 더디 새오시라 더디 새오시라."
　고려시대부터 항간에 널리 불려왔던 「만전춘별사」 첫
연이다. 소위 '남녀상열지사男女相悅之詞'라고 조선시대
유학자들이 낮춰 불렀던 남녀 간의 정이 과감하고 솔직
하게 드러난 시다. 「나무 서리」도 이런 속요俗謠의 전통을
바탕에 깔고 있다. 현전하는 최고最古의 시가인 저 고조선
시대 「공무도하가」를 시작으로 고구려의 「황조가」나 백

제의 「정읍사」에 이어 고려속요, 황진이 등의 조선 시조를 거쳐 소월의 현대시로 내려온 사랑, 그리움의 서정이 고정선 시인의 현대시조에도 그대로 흘러들고 있는 것이다. 시조는 3장 6구 45자 내외의 짧은 정형시. 이런 단수의 평시조를 기본으로 연시조, 사설시조, 엇시조 등으로 확장되면서도 3장 6구와 종장의 음수율, 그리고 기승전결의 구성 미학은 지켜야 하는 정형시다.

「나무 서리」도 이런 시조의 정형을 잘 지켜내고 있다. 각 장의 음수율은 물론 구성 미학도 정형의 틀을 벗어나지 않는다. 초장에서는 임 그리는 마음을, 중장에서는 그런 마음을 행위로 잇는다. 그리고 종장에서는 다음 날 아침으로 전환해 이별의 눈물로 맺어 완결감을 준다. 시인과 임을 서리와 나무로 대체해 보여주며 남녀상열지사의 그 천박함은 비껴가면서도 어쩔 수 없는 그리움을 우주에 만연하게 한다. 지극히 압축, 정련돼 오히려 서정을 우주적으로 더욱 확산시키는, 요즘 자유시단에 일고 있는 극서정시極抒情詩로 볼 수 있는 시다.

그렇다면 시를 시답게 하는 시의 요체인 '서정'이란 뭔가. 우리가 마음에 그대로 촉촉이 안겨드는 풍경이나 대상을 보았을 때 "아! 서정적이야"라고 감탄하곤 하는 서정이란. 나는 그것을 범박하게 '너와 나의 외로운 마음이 순하게 겹쳐지는 순간'이라 표현하곤 한다. 현대 시학에

선 동일성의 시학과 순간성의 시학이 서정의 요체임을 내세우고 있다. 대상과 나는 별개가 아니라 한 몸이고 과거의 기억과 미래의 예감을 포괄하는 지금 이 순간이 서정시의 시제란 것이다.

나무와 서리, 그 내면에선 시인과 그리움의 대상인 임이 겹쳐지고 있다. 다시 시인과 그런 상고대가 한순간 순하게 만나고 있다. 동일성의 시학에서나 시간의 경과를 한순간의 꽃과 눈물로 잡아내는 순간성의 시학에서나 「나무 서리」는 서정의 절창에 이른 시다. 이 시뿐 아니라 이번 시집 거개의 시편들이 이런 서정시학, 서정성에 바탕을 두며 세계를 순리로 끌어안고 있다.

격물치지格物致知의 도道에 합치돼가는 서정

간밤에 내린 비가 헤어질 때 알려줬나
비가 긋자 젖은 잎 몸태질에 눈물까지

실안개 휘감아 두른
낙엽수는 좌선 중

여름 초록 가을 다홍 다 이룬 하늘마음
잎잎마다 추억 사진 압화押花로 남긴 새벽

긴 겨울 기댈 곳 찾는
산새는 동안거 중
　－「늦가을 새벽 풍경」전문

　제목처럼 늦가을 새벽 풍경을 그린 두 수로 된 연시조
다. 잎 다 떨어져 나가고 대신 새벽안개가 낀 낙엽수며 그
이파리, 그리고 늦가을 산새들 풍경 소묘에 시인의 정이
끼어들고 있다. 그래 물아양망物我兩忘의 정경일체情景一
體를 이뤄내고 있다. 모든 것 다 비우고 원래로 돌아가는
늦가을 풍정을 빼어나게 드러낸 서정시다.
　시인과 대상이 서로서로 파고들며 일체를 이룬 정경일
체야말로 동양 정통 시학 최고 경지며 이는 앞에서 말한
서정시학과 그대로 통한다. 하나에서 만물이 나오고 만
물은 하나로 돌아간다는 동양 최고의 경전『주역』에서부
터 우주 삼라만상은 하나로 통한다는 유기체론이 동양
서정시학의 근간으로 흘러왔고 고 시인의 시편들 또한
이런 동양 정통 시학에 닿아 있다.
　위 시에서 낙엽수를 비롯해 늦가을 찬비며 산새 등 삼
라만상은 하늘마음, 천심天心으로 하나로 이어져 있다. 물

134

론 시인도 그런 자연의 섭리를 그대로 받아들이며 서정
을 펴고 있다.

　　얌전히 가려는데 하는 짓이 눈 거칠어

　　서대는 봄기운에
　　소소리바람 퍼붓는 겨울

　　때 아님
　　나부대지 마
　　서슬 푸른 일침이네
　　－「꽃샘잎샘」 전문

　겨울에서 봄으로 넘어가는 계절의 길목에 항상 찾아드
는 꽃샘추위를 다룬 시다. 많은 시인들이 이러저러한 시
점에서 즐겨 다루는 소재를 우주 운항의 순리 관점에서
다루어 시인의 시적 자세를 그대로 들여다볼 수 있게 한
다. 순리를 지키라는 것이다.

　　사람 곁을 맴도는 새는
　　새가 아니다

걷는 게 익숙해져 두꺼워진 각질

근육이 풀린 날개는
날개가 아니듯이

주는 먹이 쫓아다니는 새는
새가 아니다

뭉툭해진 부리로 쪼는 것도 어려워

모낭을 떠난 깃털은
깃털이 아니듯이
  ─「애완조愛玩鳥」 전문

　야생에서 자라야 할 새가 애완용으로 길들여지면 더
이상 새가 아니라는 시다. 새의 새다움, 본성을 잃었기 때
문이다. 제각각의 사물들이 다 제각각의 본분, 존재 이유
를 다하며 하나로 어우러질 때 우주 생태계는 건강하고
아름다운 것이다. 이것이 동양 유기체론의 본질이며 불
교에서 말하는 화엄 세상이다.

썩은 판자 빼내고
새것 끼워 맞춘 후

알맞은 쇠못을 고르다 하는 생각

살면서
말로 한 못질
치수 잰 적 없었지

가슴에 박힌 못은
길든 짧든 한恨인데

뱉어버린 말 허물 녹슨 지 여러 해라

빼려면 더 아프겠지
그냥 가자
미안해
−「못질」 전문

　못질을 하며 드는 생각을 솔직히 밝힌 두 수로 된 연시
조다. '알맞은'이며 '치수를 재다'라는 표현에서 공자가

수행의 첫 조목으로 내세운 '격물格物'이란 말이 떠오른
다. 각각의 사물의 이치를 궁구하면 세상의 섭리를 깨닫
게 된다는 것이 격물의 요체다. 때문에 격물은 사물에 대
한 유용한 지식을 넓히면서도 순리를 깨닫는 마음공부이
기도 하다. 이 시는 그런 격물의 본뜻을 아주 자연스레 드
러내고 있다. 이 시뿐 아니라 시집에 실린 편편이 이런 동
양의 정통 사상에 충실해 우주의 본질과 함께 삶의 허정
한 깊이로 나가고 있다.

　　루브르 박물관에서
　　나 모르게 가방을 열어보고

　　가져갈 게 없어서
　　빈손으로 가신 손님

　　대접이 시원찮아서
　　내가 더 미안했다

　　살면서 스쳐 간 사람들
　　내 맘 열어봤을 텐데

빈 곳간 찬 바람에
맘 상하진 않았을까

모른 척 남겨놓을 일이다
대접할 거 조금은
—「손님 대접」 전문

　프랑스 여행 가서 소매치기당할 뻔한 일을 소재로 한 두 수로 된 연시조다. 도둑을 '손님'으로 보는 마음 씀씀이가 참 좋다. 유럽 유명 여행지에서 소매치기를 당해 난감한 경험을 한 여행객들이 한둘이 아니다. 그럼에도 그런 도둑 미워하지 않고 내줄 것이 없는 자신을 더 미안하게 생각하는 마음, 얼마나 넉넉하고 깊은가.

　뒤 수에서는 그런 좋은 마음이 다 격물치지의 동양 정통 마음공부에서 온 것임이 드러난다. 추수 후 고구마밭을 뒤질 아이들을 생각해 다 캐 가지 않고 몇 개쯤 실수인 양 남겨놓는 그런 촌부의 마음도 알게 모르게 다 그런 공부에 기인한 것 아니겠는가.

60여 년 공생하던 진주종眞珠腫을 걷어낸 후
고막 대신 이식된 청각장애 5급 증證

젊은 날 첫 연서戀書처럼
설레며 받았다

세상의 소리들을 보청기로 듣다 보니
안 듣느니만 못한 소리 많다는 걸 알고 나서

그립다,
가는귀먹은 시절
마음으로 듣던 소리
―「소라 껍질 내 귀」전문

　고막 안에 생겨 청각장애를 일으키는 진주종을 수술하
고 나서 쓴 두 수로 된 연시조다. 앞 수에서는 수술을 받고
청각장애자 증명서를 받은 기쁨을, 뒤 수에서는 보청기
를 끼고 이전보다 더 잘 듣게 된 데서 오는 실망을 아주 솔
직하게 토로하고 있다.
　보청기를 끼고 나서부터 안 듣고 싶은 소리도 많이 들
었을 것이다. 시각장애인이 수술해 못 볼 것을 본 데 대한
것처럼 실망감도 클 것이다. 그래 마음으로 보고 듣는 것
이 더 낫다는 것을 실감으로 보여준다.

어머니가 두 손을
단전에 모으시더니

배꼽 열고 봤던 세상
이제 그만 닫으신다

감아도 다 보인다고
이승 탯줄도 자르신다
　ㅡ「그날」 전문

　어머니의 임종의 순간을 그렸다. 단수답게 단아하면서
도 곱씹을수록 더 넓고 깊어진다. 임종이 미련이나 눈물
이 아니라 점잖고 참 숭고하게 다가온다. 불교에서 말하
는 해탈이니 열반의 경지가 아주 자연스레 실감된다.
　이처럼 고정선 시인의 시편들은 유불선儒佛仙 통튼 동
양 정통 사상에 기초해 서정을 편다. 그래 가없는 서정이
면서도 뜯어보면 우주 운항의 순리에 맞고 의연하다.

차별 없는 화엄 세상을 가꾸려는 현실 의식의 서정

　장애와 비장애의

교집합을 만들자고

삼단 같은 머리칼을
상수常數로 내준 어미

편견의 골짜기 건너갈
출렁다리 만들고 있다
　　　　－「어떤 삭발식」전문

　삭발 시위 현장을 다룬 단시조다. 장애인 학교를 세우
려면 한쪽에선 동네 집값 떨어질까 주민들이 시위하고
다른 한쪽에선 장애인 학부모들이 삭발이며 읍소 시위를
벌이는 현장 뉴스를 간혹 접한다. 그런 현장에서 양쪽 다
만족시킬 교집합을 찾고 있다. 일종의 현실주의 시인데
도 비판으로 나가지 않고 편견을 극복할 중도中道를 서정
을 상수로 해 구하고 있어 울림이 더 크다.

　　우린 녹아서 하나 되어 단단해지고

　　그렇게 이어지니 피돌기도 힘차고

　　둘이서 하나 되는 것

142

뜨겁지 않음 못 할 일
     −「용접鎔接」전문

    제목처럼 불로써 다른 두 개를 하나로 붙이는 용접을
소재로 한 단시조다. 명철하고 단호한 어조가 순리를 순
리로 힘 있게 이끈다. 서로 다른 둘을 한 몸으로 만드는데
어찌 뜨거운 노력이 없겠는가. 용접의 이치를 밝히면서
도 그것은 우주 유기체론적 서정으로 확산되고 있다. 동
일성과 순간성의 시학이 뜨거운 불꽃으로 튀고 있지 않
는가. 이 시는 위에서 살핀「어떤 삭발식」후속편으로, 갈
가리 갈린 작금의 우리 사회를 반성하는 현실주의 시로
읽어도 좋을 것이다. 이처럼 현실주의 시에도 서정을 바
탕에 깔고 있어 그 메시지가 웅숭깊다.

    대원사 극락전 옆 108개 아기동자상
    빨간 모자 눌러쓰고 살붙이 찾고 있다

    한 번도 불러본 적 없는
    무명씨 어버이를

인연을 맺자마자 어둠으로 간 여행
이제는 원망보다 안아주고 싶어서

꿈속에 보이던 얼굴
잊을 만도 하건만
—「태아령胎兒靈을 아시나요」 전문

전남 보성 대원사에 있는 동자상을 소재로 한 시다. 빨
간 모자를 눌러쓴 아기상들을 그대로 그리고 있는데도
그냥 헉, 숨이 막히는 시. 이승에서 부모와 귀한 인연의
씨앗을 맺기는 했지만 이 세상 빛도 못 보고 저승으로 간
가련한 영혼이 태아령이다. 그런 태아령을 천도하기 위
해 절에선 동자상을 세우고 빨간 모자까지 씌워줬는데.
웬걸, 이 시에선 그 태아령들이 되레 우리 산 사람들을 안
아 위무해주고 있으니. 그런 시인의 도력道力 때문에 낙태
반대 메시지가 더 큰 울림을 준다.

어슴새벽 늘솔길을 두 마음이 걷습니다
지적장애 아들과 내 탓이란 엄마가
남 보기 부끄럽다고
돋을볕도 피해가며

새장을 빠져나와 하늘 나는 새처럼

땀나고 숨차지만 좌우 보기도 바쁜 시간

둘이만 아는 몸짓 말

힘들지?

괜찮아, 엄마는?

사막 길 나란히 가는 낙타와 여행자처럼

힘들면 쉬며 웃으며 목도 축여가면서

잘 배운 함께 가는 법

미세먼지 좋은 날

―「함께 가는 법」 전문

　지적장애 아들과 엄마가 함께 가는 길을 정겹게 그린 세 수로 된 연시조다. 제목으로만 봐서는 장애인과 비장애인이 함께 잘 살아가는 법을 제시한 시 같은데, 아니다. 모자가 남들의 눈을 피해 걷는 길이다.

　첫 수에서는 남 보기 부끄러워 어슴새벽 길을 나선 모자의 안쓰러운 모습이 지금 우리 사회 장애아 가족의 수난사처럼 보인다. 둘째 수에서는 그런 냉정한 사회에서도 모자지간의 정을 있는 그대로 그리고 있다. 마지막 수에서는 장애는 있을지라도 모자지간의 사랑으로 세상을 밝게 그리고 있다. 냉담한 사회, 원망이 아니라 장애자가

먼저 사랑을 보내는 품이 「태아령을 아시나요」에서 본 바와 같다. 모자간 대화를 그대로 인용하고 또 첫 행을 경어체로 시작하는 등 동심에서 우러난 동시풍의 어조가 시를 더 맑게 하며 그런 장애 가족에 냉담한 우리를 진심으로 다시 돌아보게 한다.

이처럼 이번 시집에 실린 현실 의식 시편들에서도 시인은 고발이나 비판의 서사가 아니라 사랑의 서정으로 나아가고 있다. 그리하여 자연의 순리로써 우리네 마음과 사회를 다시금 둘러보게 하고 있다.

동심으로 직격해 들어가 펼치는 서정적 유토피아

울퉁불퉁 둑길에
경운기가 탈탈대도

아기 오리 뒤에 세운
엄마 오린 모른 척

그래도 그 맘 알 것 같아
심장이 콩알만 했을걸

저만치 물웅덩이
갈 길이 급할 텐데

아기 오리 발 맞추는
엄마 오린 느긋해

그래도 그 맘 알 것 같아
발바닥에 진땀이 뱄을걸
— 「그 맘 알 것 같아」 전문

　　오리 가족 행군을 그린 두 수로 된 연시조이며, 동심으로 어린이 독자를 위해 쓴 동시조다. 물에서, 혹은 길 위에서 어미가 새끼들을 조심조심 이끌고 양육하는 오리 가족의 정겨운 모습을 한 번은 봤을 것이다. 이 시는 그런 모습을 동심에서 해맑게 담고 있다. 그러면서 위에서 살핀 「함께 가는 법」을 그대로 떠오르게도 한다. 엄마와 자식이 사랑으로 한마음이 돼 살아가는 세상을.

　　해님 만나 보송해진
　　이불을 덮고 자면

요술처럼
햇살이 내 몸으로 들어와

해 닮은 해바라기꽃
벙긋벙긋 피워줄 것 같아
 ―「요술처럼」 전문

시 잘 쓰는 어린이가 쓴 동시처럼 읽히는 동시조 단수
다. 기존의 사고에 물들지 않은 동심이야말로 하늘마음,
천심이다. 도를 닦거나 수행하는 것도 결국은 이런 동심
으로 돌아가려는 것 아니겠는가. 자연 삼라만상과 분리
되지 않은 울긋불긋 꽃 대궐 고향 유년의 근심 걱정 없는
마음으로. 그래서 영국 시인 워즈워스는 시 「무지개」에
서 "어린이는 어른의 아버지"라고 읊었을 것이다. 평생
수행한 고승들이 수긍한 '명백히 산은 산이고 물은 물'이
라는 경지가 바로 마음의 본바탕 자리, 동심일 것이다.

위 시에도 삼라만상과 한 몸으로 노는 동심이 그대로
드러나 있다. 해와 이불과 해바라기꽃과 시인이 아무런
중재 없이 그대로 한 몸이 되고 있다. '요술'이란 마법으
로 표현했지만 삼라만상이 격의 없이 어우러지는 마법
같은 신화시대를 우리는 유년의 개인 신화로 누구든 실
제로 간직하고 있다. 서정이 꿈꾸는 유토피아도 바로 이

개인 신화로의 회귀에 다름 아니다. 아, 그러나 우리는 철이 든 이후 어머니의 치맛자락을 놓고 유년의 고향을 떠나와 사회로 편입됐다. 통과제의通過祭儀상 입사식入社式 이후 자연과 유리돼 고해苦海의 삶을 살고 있는 우리가 다시금 통합을 꿈꾸는 게 서정적 이데올로기다.

그러나 이미 떠나온 유년으로의 복귀가 가당키나 할 것인가. 가서 삼라만상과 근심 걱정 없이 예전처럼 어우러지는 게. 그래도 한번 헤어진 너와 나의 거리를 어떻게든 이어보려는 데서 현대의 서정은 우러난다. 그래서 서정의 정조는 서럽다. 그래 시인은 동심의 세계로 직격해 들어가 이런 밝은 서정적 동시조도 이번 시조집에서 선보이고 있다.

바닷가에서
별을 볼 수 있는 밤이면

사방에서 반짝반짝
여기저기 귀 쫑긋

갯것들 함께 들어요
별들의 이야기를
－「별 이야기 듣는 밤」 전문

동시조 단수로 참 밝고 맑은 시다. 동심의 세계는 이렇게 의심 없이 하나로 연결돼 있다. 해서 소품이면서도 어마어마한 이야기를 함축한다. 하늘에서 반짝이는 별들의 이야기는 바다며 바다에서 살아가는 갯것들, 또 천지 사방에서 귀를 쫑긋하고 있는 삼라만상 유래의 이야기다. 우주 탄생 이야기다.

우주는 어둠 속 한 점 빛에서 생겨났다. 캄캄한 혼돈 속에서 뭔지 모를 것들이 서로를 끌어당기며 뭉쳐 마침내 한 점 빛으로 폭발해 우주가 생겨났다는 게 우주 생성의 정설이 된 빅뱅이론. 그 빛줄기가 130억 광년을 나아가며 우리의 태양계와 은하계, 지구의 모래알보다 더 많은 별들의 우주라는 무진장의 공간과 시간으로 팽창하고 있다는 것이다. 캄캄한 혼돈 속에 빛을 있게 한 것도, 빛이 발산되며 무진장한 별들을 만든 것도 서로를 끌어당기는 힘, 인력引力이다. 인력이 안개인지 티끌인지 뭔지 모를 것들을 서로 끌어안아 원자며 분자며 물질이며 별이며 꽃이며 사람으로 전화轉化해 이 찬란한 파노라마의 우주를 있게 한 것이다.

우주를 만든 것은 물질이 아니라 서로를 끌어당기는 힘이다. 캄캄한 어둠 속에서 밝혀지지 않은 외로운 것들이 서로 사무치게 끌어당기며 뭔가가 되고 싶은 기운氣運,

이것은 곧 그리움 아닐 것인가. 그 그리움으로 빛이 되고 별이 되고 꽃이 되고 우주의 뭇 생령으로 몸 바꿔 피고 지고 있는 것이다. 그런 엄청난 이야기도 내장하고 있는 게 「별 이야기 듣는 밤」이다.

> 햇살이 부서져 날리는 줄 알았죠
> 손바닥에 내려와 하얗게 웃길래
>
> 반갑다 말 건네려는데
> 눈물만 주르르 남기고 갑니다
> ─「여우눈」 전문

햇빛 속에서 내리는 비가 여우비이듯 반짝 햇살이 빛나는데도 내리는 눈이 여우눈이다. 그런 여우눈을 햇살 한 조각으로 보고 있는 동시조다. 반갑게 그런 눈을 손바닥으로 받으니 체온에 눈이 녹아 눈물이 될 것은 당연지사. 만물과 하나로 어우러지는 동심에서 그 '눈물'은 눈이 녹은 물일 터이나 나는 아쉽고 슬퍼서 흘리는 눈물로도 보고 싶다. 태초에 헤어진 자신의 분신이나 다시 합치하려 하면 이내 녹아내려 떠나는 것이 여우눈뿐이겠는가. 모든 그리운 것들이 다 그러할 것. 그래 현대 서정의 정조는 서러운 것 아니겠는가. 밝고 예쁜 동시이면서 그런 서정의 절창으로 「여우눈」은 읽힌다.

이처럼 고정선 시인은 동심으로 직격해 들어가 순수한 마음으로 세계를 한 몸, 유기체로 밝고 맑게 보는 동시조도 이번 시집에 선보이고 있다. 이런 동시조를 통해 독자들은 고정선 시인이 일관되게 추구해온 서정의 원형을 들여다볼 수 있을 것이다. 구분이나 차별 없이 온 세상이 한 몸 한마음으로 어우러지는 서정적 유토피아를 향한 가없는 그리움을.

고정선 시인의 첫 시조집인 『눈물이 꽃잎입니다』는 본래의 순수 서정 시편이든 현실 의식 시편이든 동시편이든 그런 서정적 유토피아를 향한 그리움으로 일관하고 있다. 자연의 섭리에 따르는 동양 정통 사상 혹은 시학에 튼실하게 뿌리를 내린 그리움이고 서정이기에 허망이나 감상에 빠지지 않고 실감 나는 올곧은 서정이다. 이런 고정선 시인만의 특장을 잘 살려 시조 정형과 율격에 더욱 유의하며 시조단에서도 우뚝 서시길 빈다.